AF222871

Maja

und

Antonio

Bibliografische Information der Deutschen Nationalbibliothek
Die Deutsche Nationalbibliothek verzeichnet diese Publikation in
der Deutschen Nationalbibliografie; detaillierte bibliografische Daten
sind im Internet über http://dnb.d-nb.de abrufbar.

Impressum
2019

© Autor : Syna Ester
© Cover: Syna Ester
© Fotos : Syna Ester
3. Neuauflage Januar 2019

Herstellung und Verlag:
BoD- Books on Demand, Norderstedt

ISBN: 9-7838-3705-674-7

Auch in diesem Buch schreibt Syna Ester über die
unglückliche Liebe einer Frau zu einem jüngeren
Mann.
Antonio hatte sich Maja trotzt, des Altersunterschied,
genähert, aber als sie seine Gefühle erwiderte, stieß
er sie von sich. Antonio hatte sie gedemütigt und tief
verletzt, wie niemals jemand zuvor und sie an einen
Abgrund der Verzweiflung gebracht.

Aber sein Herz rührte es nicht...

Regen,

nichts als Regen, schon seit Tagen regnete es ohne Unterbrechung. Es war, als ob der Himmel alle Schleusen auf einmal geöffnet hat. Ganze Sturzbäche kamen vom Himmel und niemand traute sich mehr aus dem Haus. Die Straßen waren vom vielen Wasser völlig aufgeweicht und nur ab und zu versuchte irgendwer nach irgendwo zu kommen. Seit vielen Jahren hatte es so einen Regen nicht mehr gegeben und immer noch schien es, als wollte er kein Ende nehmen. Der Himmel blickte finster drein und die Sonne ließ sich auch nicht mehr blicken.

Alles was draußen geschah berührte Maja nicht; sie saß seit Tagen am Fenster und starrte mit leeren Augen vor sich hin. Ihr war alles egal; ob es regnete, ob die Sonne schien, oder auch wenn es gar nicht mehr Tag werden würde. So gefangen war sie in ihren schmerzenden Gedanken. Sie hatte jedes Zeitgefühl verloren und wusste nur eines, dass sie ohne Antonio nicht mehr leben wollte. Wenn Gott sie jetzt zu sich rufen würde, sie wäre ihm so gar noch dankbar dafür. So sehr litt sie um ihre verlorene Liebe. Alles hatte seinen Sinn verloren seit Antonio ihr gesagt hatte, dass es vorbei ist mit ihnen. Es musste Schluss sein, da er nur eine Frau wollte, die jünger ist als er und Maja war es nicht. Im Gegenteil, sie war so gar einige Jahre älter als er und hätte dem Alter nach, seine Mutter sein können.

Antonio wusste dieses von Anfang an und doch konnte er die Finger nicht von ihr lassen und hatte sie in seine

Arme genommen.

Alles ist jetzt sechs Monate her; das letzte Mal hatte er sie am sechsten September vergangenen Jahres in seine Arme gerissen und seit dem meldete er sich nie mehr bei ihr.

Maja saß unbeweglich auf ihrem Stuhl am Fenster und ließ immer wieder die vergangene Zeit vor ihrem Auge Revue passieren. Wie sehr hatte sie sich immer auf Antonio gefreut wenn er zu ihr zum Kaffee kam und sie sich unterhielten. Sie konnte ihm ihre Sorgen mitteilen und er hörte ihr geduldig zu. Seine Nähe gab Maja Kraft ihr schweres Schicksal zu meistern. Sie dachte daran, wie er immer wieder aufmunternde Worte zu ihr sagte und stets ein freundliches Lächeln für sie hatte. Ganz abgesehen von seinen liebevollen Umarmungen die noch heute, nach Monaten, auf ihrer Haut brannten.

Antonio hatte sich mit seiner sanften Art ganz tief in ihr Herz geschlichen. Seine Worte klingen ihr noch jetzt in den Ohren und seine Stimme als er zärtlich ihren Namen sagte, berührt sie heute noch genauso wie damals.

Ja, damals. Es kommt ihr wie eine Ewigkeit vor als sie das letzte Mal miteinander sprachen und sich in die Augen sahen. Ein paar Mal war Maja ihm noch begegnet, aber Worte wurden nie gewechselt. Wenn der Schmerz um ihn nur nachlassen würde. Aber das tat er nicht; er saß ganz tief in ihrem Herzen und wollte nicht weichen.

Antonio, was denkst Du, was machst Du, wie geht es Dir?

Fragen ohne Antworten für Maja. Hatte er das Ganze nur als Spiel gesehen? Er hatte ihr versichert, dass es nicht so war, sondern lediglich der Altersunterschied zwischen ihnen steht. Aber konnte sie das glauben? Warum sprach er nie mehr mit ihr und vermied es, in ihre Nähe zu kommen?

Er gab ihr auf ihre Fragen keine Antworten und so konnte sie nur grübeln und versuchen, irgendwelche Erklärungen für sein Verhalten zu finden, die sie aber im nächsten Augenblick wieder verwarf.

Alles nur Vermutungen wie es sein könnte, oder auch nicht.

Majas Gedanken drehten sich nach wie vor im Kreis und es ging ihr immer schlechter. Als er das letzte Mal als sie sich sahen grußlos an ihr vorbei ging und sie vollkommen ignorierte, war es mit ihrer Fassung vorbei. Sie brach zusammen und es fing an, ihr jeden Tag schlechter zu gehen.

Tiefe Depressionen kündigten sich an und sie fragte sich immer wieder, was sie ihm angetan haben könnte, dass er sich ihr gegenüber so abweisend verhielt. Sie hatte ihm geschrieben und um eine Antwort gebeten, aber Antonio gab ihr keine Antwort.

So blieb Maja weiter mit ihren Gedanken und ihrer Traurigkeit allein. Sie merkte es selber, dass sie an nichts mehr Freude hatte und ihr der Lebenswille Tag für Tag mehr abhanden kam. Aber sie ließ es geschehen und wehrte sich nicht dagegen. Ihr Aussehen veränderte sich und bald erkannte sie sich im Spiegel selbst nicht mehr. Es war erschreckend was sie sah. Tiefe Falten hatten sich in ihr Gesicht gegraben und man sah ihr die Lebensmüdigkeit an. Ja, so gar ein Nachbar hatte sie einmal darauf angesprochen und versucht sie zu trösten. Es hatte Maja auch nicht geholfen und sie verkroch sich immer mehr in sich selbst. Die Tage vergingen ohne, dass sich etwas änderte.

Von Antonio hörte sie nichts so sehr sie es sich auch erhoffte.

Maja erhob sich langsam vom Stuhl und ging schweren Schrittes in ihr Schlafzimmer und setzte sich auf das Bett. Es war noch kein Abend, aber das war ihr gleichgültig. Sie zog ihre Schuhe aus und legte sich hin. Schlafen konnte sie so wieso nicht, egal, ob es Tag oder Nacht war. Jedes mal wenn sie sich zu Bett begab, wurden die

Gedanken noch unerträglicher und der Schlaf stellte sich nur für kurze Momente ein. So sehr sich Maja auch bemühte nicht an das Vergangene zu denken, es gelang ihr nicht.

Die Gedanken an Antonio waren stärker und holten sie immer wieder ein.

Sie bewegte sich in einem Teufelskreis der Gefühle, die zwischen Traurigkeit, Wut und Schmerz und dem Verlassen sein, schwankten. Wütend war sie auch manchmal, weil es ihr nicht in den Kopf wollte, dass ausgerechnet sie, die immer ihr ganzes tun und handeln stets unter Kontrolle hielt, so aus der Fassung kommen konnte. Maja wusste, dass das nicht gut für sie war, aber ihre Gefühle wehrten sich gegen jegliche Vernunft. Vielleicht musste es einmal soweit kommen und alles innere kam durch diese seelische Verletzung nach außen. Dinge, die sich über Jahrzehnte aufgestaut hatten und heimlich in ihr brodelten kamen zum Vorschein und Maja verstand die Welt und sich selbst nicht mehr.

Alles geriet außer Kontrolle, genau so wie vor Monaten, als ihre Gefühle für Antonio ihr den Atem raubten. Da war es auch so, dass sie zum ersten Mal in ihrem Leben merkte zu welchen Gefühlen sie fähig sein konnte. Innerlich explodierte sie wenn sie mit Antonio zusammen war und sie sich in den Armen hielten. War er nicht bei ihr, dann brachten allein die Gedanken an ihn, sie einer Ohnmacht nahe. Es war viel zu viel Gefühl was sich da in ihr auf tat; aber wie sollte sie sich dagegen wehren? Die Gefühle für Antonio hatten sie voll im Griff, sie waren es, die Maja jetzt unter Kontrolle hatten.

Es war wie ein Rausch der Maja mit Haut und Haaren verschlang und sie in seinen Klauen gefangen hielt. Dennoch wusste Maja, dass diese Gefühle ganz tief aus ihrem innersten kamen und es sich um Liebe handelt.

Beide verfielen einem Rausch der Leidenschaft, aber dennoch wussten sie, dass dahinter ein ganz tiefes Gefühl füreinander vorhanden war. Ohne dieses Gefühl wäre es auch nicht zu diesen leidenschaftlichen Umarmungen gekommen. Ihr war klar, dass es Antonio genau so ging wie ihr und er sich deshalb von ihr zurück zog und jeglichen Kontakt mit ihr vermied.

Denn er konnte nicht gegen seinen Verstand handeln und dieser sagte ihm, dass eine Verbindung mit Maja nicht sein durfte.

Antonio kehrte buchstäblich über Nacht zu seinem bisherigen Leben zurück und tat so, als hätte es Maja nie gegeben. Es war ihm gleichgültig, dass es Maja so schlecht ging als er sie nicht mehr beachtete. Er verdrängte alles und wollte davon nichts mehr wissen.

Was ging in seinem Kopf vor, dass er dazu fähig war? War er glücklich mit seinem Verhalten ihr gegenüber?

Doch Maja wusste es besser, denn ihre Lebenserfahrung sagte ihr, dass ihn irgendwann das Vergangene einholen wird und Antonio so nicht glücklich werden kann; auch wenn er es sich einredete. Alles muss irgendwann einmal verarbeitet werden, nichts bleibt in uns für immer verschlossen. Die Vergangenheit wird uns alle einholen und zwar immer dann, wenn wir glauben, am glücklichsten zu sein. Unser Gewissen wird sich melden, oder ein Schicksalsschlag ruft in uns die Vergangenheit wach.

Vielleicht wird die nächste Frau, die du Antonio, lieben wirst, mit dir so umgehen wie du es heute mit mir machst. Oder musste ich bezahlen für das, was eine andere Frau dir antat?

Keine Rechnung bleibt offen, jeder von uns muss für alles im Leben bezahlen, denn nicht umsonst gibt es das Sprichwort „was du nicht willst, das man dir tu, das füge auch keinem anderen zu".

Hattest du nicht einmal zu mir gesagt, dass du es auch nicht gut finden würdest, wenn du so behandelt wirst? Warum machst du das dann mit mir, Antonio? Was habe ich dir nur angetan, dass ich so bitter bezahlen muss?

Fragen, die wohl für immer unbeantwortet blieben.

Maja wischte sich die Tränen vom Gesicht und im Stillen hoffte sie, dass Antonio ihre Worte und Briefe verstanden hat und sich ihr gegenüber wie ein Ehrenmann verhielt und nicht wie einer, der den Kopf in den Sand steckt und vor den Problemen davon läuft. Das ist keines Mannes würdig.

Es zeigt nur eine gewisse Unreife, die eigentlich in dem Alter abgelegt sein sollte.

Irgendwie tat Antonio ihr auch manchmal leid, denn in seiner Haut wollte sie auch nicht stecken.

Für Maja wäre es kein Problem gewesen eine Verbindung mit Antonio einzugehen, denn das Gerede der Leute hatte sie noch nie gekümmert.

Sie reden so wieso, egal was man macht und irgendwann gewöhnen sich die Menschen auch an Dinge, die sie bis dahin nicht kannten.

Nur dazu braucht der Mensch Stärke; eine Stärke, die Antonio nicht hatte. Trotzt seiner fasst vierzig Jahre war er innerlich noch nicht reif der Welt zu trotzen; ja, er war wie ein verletzliches Kind und wollte nur eines und zwar von allen geliebt werden.

Ach Antonio, wenn ich dir nur helfen könnte, aber du willst es ja nicht zulassen und so kann ich nur hoffen, dass du endlich reifer wirst und zu den Dingen, die du selber herauf beschworen hast, stehst und dich ihnen stellst.

Auch jetzt war für Maja nicht an Schlaf zu denken, das Herz schmerzte und zitternd vor lauter Kummer und Sorgen erhob sie sich aus ihrem Bett. Wo führte sie das alles noch hin? Aber auch darauf gab es im Moment keine Antwort. Nur eines wusste Maja, sie wollte schlafen und vergessen und beides gelang ihr in den letzten Monaten nicht.

Sie wusste nicht einmal ob Antonio überhaupt mitbekommen hatte wie schlecht es ihr ging und wie sehr sie litt.

Er fehlte ihr so sehr. Ein Leben ohne ihn erschien ihr sinnlos; zu sehr hatte sie sich an seine Nähe gewöhnt. Eine Nähe, die ihr lieb und vertraut war und die sie so nicht wieder bekommen sollte.

Maja hoffte auf ein Wunder, aber sie

wusste genau, dass es Wunder nicht gibt.

Oder vielleicht doch?

So bleibt ihr nur die Verzweiflung und der Schmerz. Auch wenn Antonio ihr so viel Kummer zugefügt hatte, sie liebte ihn noch immer.

Maja begab sich wieder, wie jeden Tag, an ihren Platz am Fenster. Sie schaute hinaus in den Regen, denn außer ihm gab es draußen nichts zu sehen. Niemand ließ sich blicken.

Eigentlich wollte sie auch niemanden sehen, denn nicht umsonst hatte sie sich in ihre eigenen vier Wände verkrochen. Aber im Moment fand sie auch hier nicht die Ruhe und Geborgenheit, die sie so sehr benötigt hätte.

Nur still war es, unendlich still, denn es war niemand da, der auch nur ein einziges Wort mit ihr sprach. Wie auch? Sie lebte ja ganz allein. Es hatte sie nie gestört, denn ihr Leben war turbulent genug gewesen mit allen Sorgen und Pflichten, so dass Maja froh war, wenn sie in ihrer Wohnung ihre Ruhe fand. Nur jetzt hätte sie jemanden gebraucht mit dem sie reden konnte und ihre Traurigkeit hätte teilen können. Maja war allein mit sich und ihrem schweren, traurigen Herzen.

Sie bereute die kurze Zeit mit Antonio nicht, aber manchmal wünschte sie sich, dass er ihr nie in dieser Art und Weise begegnet wäre. Noch war es nicht an der Zeit, dass sie den Sinn dieser Begegnung erkennen konnte. Für sie war es nur Kummer und Schmerz und sie fragte sich immer wieder, warum ihr das passiert ist. Warum auf den Verlust ihrer Mutter, die sie Jahrzehnte lang versucht hat zu beschützen da eine Krankheit ihr den Verstand nahm, noch der Verlust um Antonio dazu kam.

Er wusste von ihrer Mutter und wie schwer Maja daran zu tragen hatte und dennoch hatte er sich ihr gegenüber so verhalten.

In einem Moment, als sie ihn am dringendsten gebraucht hätte.

Maja konnte das alles nicht mehr ertragen. Die Tränen liefen ihr über das Gesicht und sie wischte sie nicht einmal mehr weg. Es hätte auch keinen Sinn gehabt, denn sie flossen unaufhörlich; so lange, bis sie sich leer geweint hatte. Danach fühlte sie keine Kraft mehr in sich und starrte nur noch vor sich hin. Das waren kurze Momente in denen auch ihre Gedanken verschwunden waren, so sehr erschöpft war sie. Aber schlafen konnte sie trotzdem nicht und so saß sie weiterhin stumm am Fenster.

Langsam kam die Nacht und die Dunkelheit tat Majas Seele gut. Die Nacht hatte so etwas Beruhigendes und sie wartete seit einiger Zeit sehnsüchtig darauf das der Tag verging. In der Stille der Nacht fühlte sie sich wohl und in der Dunkelheit fand sie ihre eigene Seele wieder. Sie brauchte die Nacht als Schutz für sich selbst; ein Schutz, der ihr gut tat und sie in ihren Gedanken ließ. Nichts störte diese nächtliche Stille und ihre traurigen Gedanken.

Aber jede Nacht geht einmal zu Ende

und der nächste Morgen sah für Maja genauso trübe und trostlos aus wie der vorherige und der davor. Ist es Antonio wirklich so gleichgültig, dass es ihr schlecht geht und das sie so leidet? Wie lebt man mit diesem Wissen? Oder weiß er es gar nicht?

Wieder Fragen, auf die es keine Antwort gab. Es waren alles nur Vermutungen. So konnte und durfte es nicht weiter gehen. Sie durfte sich nicht selbst aufgeben, denn das ist unverantwortlich den Menschen gegenüber, die sie liebten. Maja wusste, dass sie einen schweren Weg vor sich hatte, denn die Dunkelheit hatte bereits ihre Hände nach ihr ausgestreckt. Sie hatte es bis dahin auch zugelassen, aber nun musste etwas geschehen um nicht gänzlich dem Dunkel zu verfallen.

Maja holte sich ein Blatt Papier und ihre Farben und begann zu malen. Sie hatte viele Bilder gemalt, aber dieses sollte etwas Besonderes werden.

Sie wollte sich selber malen und in diesem Bild von ihrem Gesicht, sollte ihr ganzer Seelenschmerz zu erkennen sein. Sie wollte ihren Kummer auf dieses Bild übertragen und so mit versuchen, etwas von ihrem Leid abzugeben. Maja setzte sich an den Tisch und begann zu malen. Sie merkte, wie sie immer ruhiger wurde als das Bild so langsam Gestalt an- nahm. Es gefiel ihr was sie malte und sie erkannte ihre ganze Seelenqual in dem Bild wieder. Aber für Maja war es gut so, denn sie konnte ein sichtbares Leid besser ertragen als eines, das unsichtbar in ihr brodelte und sie nicht zur Ruhe kommen ließ.

Viele Nächte hatte sie vorher schon gemalt, aber noch niemals ihr eigenes Leid zu Papier gebracht.

Sicher, auch ihre anderen Bilder hatten eine Bedeutung, denn Maja malte mit ihrer Seele und alles was sie bewegte versuchte sie auf Papier zu bannen. Ihre Bilder brachten den Menschen Freude, denn die Farben die sie benutzte sprachen bisher jeden an, auch wenn der eine oder andere das Motiv selber nicht so gut fand. Die Farben waren ein Spiegelbild ihrer Seele.

Maja hatte eine tiefe Seele, die voller bunter Farben war, aber genauso war in ihr das tiefste schwarz und dieses hatte sich wie ein Tuch über ihrer Seele ausgebreitet. So übermütig und froh sie auch sein konnte und in allem noch das Gute sah, es war fort seit

Antonio ihr die schwerwiegenden Worte gesagt hatte. Worte, die sie so sehr verletzt hatten, wie noch niemals zuvor etwas in ihrem Leben sie verletzt hatte. Nicht einmal das ablehnende Verhalten ihrer Mutter hatte ihr so weh getan wie die Worte, die Antonio zu ihr gesagt hatte.

Was geht in einem Menschen vor der einem anderen so wehtun kann? Maja konnte es nicht verstehen, denn für sie gab es so ein Verhalten nicht. Hatten Lust und Laune ihn zu ihr getrieben? Wenn es das wäre, würde sie sich noch schlechter fühlen, denn dann musste sie ihm ja einen Grund gegeben haben.

Aber sie war sich keiner Schuld bewusst, denn ihre Gefühle –die er in ihr geweckt hatte - waren ehrlich und voller Liebe für ihn. Auch hätte Antonio sie sonst niemals in die Arme nehmen dürfen, denn für solche Art von Spielerei hatte Maja nichts übrig.

Umarmen durfte sie nur ein Mann der ihr ehrliche Gefühle entgegen brachte und sie hatte geglaubt, dass Antonio dieser Mann ist. Wie konnte er sie nur so täuschen? Liebte er den Reiz des Spiels, oder was hatte ihn dazu bewogen? Wieso hatte sie es nicht bemerkt, dass seine Gefühle für sie nicht aufrichtig waren?

Oder was war der Grund für das Erlebte?

Maja wusste es nicht und wahrscheinlich würde sie es auch nie erfahren. Antonio sprach nicht mehr mit ihr und vermied jeglichen Kontakt zu ihr. Wie sollte sie damit fertig werden? Die Gedanken quälten sie Tag und Nacht, aber sie drehten sich immer nur im Kreise. Wie soll man etwas vergessen können wenn so viel Ungeklärtes im Raume steht.

Maja schaute kritisch auf ihr Bild. Es nahm so langsam Gestalt an und es gefiel ihr was sie sah. Bis jetzt war sie mit ihrer Arbeit zufrieden. Hier und da noch ein paar Verbesserungen, die Farben noch intensiver auftragen und fertig war ihr trauriges Bild.

Nein, etwas fehlte noch. Maja überlegte was sie noch verbessern konnte um dem Bild noch mehr Ausdruck zu verleihen. Sie malte noch eine schwarze Kerze neben das Antlitz der Frau; eine Kerze die sagen sollte, dass das helle Licht nicht mehr existierte, sondern die Dunkelheit all gegenwärtig war. Nun war sie zufrieden mit ihrer Arbeit und für wenige Stunden hatten die düsteren Gedanken nicht von ihr Besitz ergriffen.

Irgendwann wird der Tag kommen an dem ich es Antonio schenken werde; so dachte sie bei sich. Er sollte sich immer an sie erinnern und daran, welchen Schmerz er ihr zugefügt hatte.

Das Bild sollte ihn lehren, es nicht noch einmal soweit kommen zu lassen und mit der nächsten Frau keine Spiele zu spielen. Eines musste sie ihm ja lassen, er verstand es meisterhaft mit ihr zu flirten und ihr den Kopf zu verdrehen. Seine zarten Berührungen, seine Worte, alles hatte Maja für bare Münze genommen und nie kam sie auf die Idee, dass er sich in dem Moment von ihr zurückziehen würde als sie seine Gefühle erwiderte.
Was für ein Spiel, er hatte seit Jahren, genauer gesagt seit sie sich kannten gewusst, dass sie viel älter war als er.

Wollte Antonio nur einmal ausprobieren ob er sie hätte haben können? War er dazu fähig?

Maja wollte so etwas nicht glauben, denn es passte nicht zu dem Antonio mit dem sie seit zwei Jahren so vertraut war. Der immer gut zu ihr war und sie so liebevoll behandelte. Auch an Respekt ihr gegenüber hatte er es nie mangeln lassen. Er hatte sich doch auch jeden Tag auf sie gefreut und sie beide hatten die wenige kostbare Zeit miteinander genossen.
Kann ein Mensch sich über Jahre verstellen?
Maja konnte und wollte das nicht glauben. Sie war auch in ihrem Leben so einem Menschen noch nie begegnet und deshalb trafen seine Worte sie zutiefst. Sein Verhalten tat ihr

unendlich weh und sie merkte, dass ihr die Tränen erneut kamen. So viele Tränen wie um Antonio hatte sie in ihrem ganzen Leben noch nicht vergossen, schon gar nicht um einen Mann.

Aber Maja hatte auch noch nie vorher so viel für einen Mann empfunden.

Eines Tages würde sie alles aufschreiben und ihm zu lesen geben. Auch auf die Gefahr hin, dass er sich lustig über sie und ihre Gefühle machen würde. Das würde ihr nicht mehr wehtun können, denn dann würden sie sich wahrscheinlich nie mehr über den Weg laufen.

So dachte Maja und ihr Plan stand fest. Sie würde alles aufschreiben und zu einem Buch binden lassen. Es sollte eine bleibende Erinnerung für Antonio sein. Vielleicht, wenn er einmal reifer und durch das Leben erfahrener geworden ist, wird er sie begreifen und nachdenken, wie viel Liebe sie ihm entgegen gebracht hatte.

Auch wenn Du, Antonio, diese Liebe nicht annehmen konntest oder wolltest, kein Mensch der einen anderen liebt hat es verdient, so behandelt zu werden. Irgendwann wirst Du begreifen, nur kann es dann sein, dass Du mich nicht mehr finden wirst weil es mich dann vielleicht nicht mehr gibt. Ich hoffe für Dich, dass Deine Erkenntnis nicht zu spät kommt und Du bereit bist mir Antworten auf meine Fragen zu geben.

Maja schaute aus dem Fenster und sah, dass der Regen kein bisschen nachgelassen hatte.

Würde es denn nie mehr aufhören zu regnen? Seit zwei Wochen war der Himmel grau und die Sonne ließ sich überhaupt nicht mehr blicken. Es war, als ob der Himmel sich mit ihr verbünden wollte. Sie ging zurück zu ihrem Tisch auf dem das fertige Bild lag.

Einen schönen Rahmen sollte es bekommen und dazu wollte sie einen roten Untergrund kaufen. Es würde dann so richtig zur Geltung kommen und vielleicht fand sie auch noch eine Karte mit einem passenden Spruch darauf. So stellte sie es sich vor und wenn eine Idee in ihrem Kopf entstand, dann setzte sie diese auch um. Der erste Gedanke ist immer der beste. Langes zögern gab es für Maja nicht, denn sie war ein spontaner

Mensch und mochte es nicht, wenn Dinge auf die lange Bank geschoben werden. Entweder sagte oder machte sie etwas sofort, oder es geschah nie.

Das war und ist meine Art, dachte Maja bei sich und so konnte jeder, der mit ihr zu tun hatte, gleich wissen woran er bei ihr ist. Sie verstellte sich nicht und das war gut so.

Gewiss, gefiel ihre Art einigen Leuten nicht, aber sie würde sich für nichts und niemanden verbiegen. Es war ihre Art zu Leben und mit den Dingen umzugehen und solange sie niemandem damit weh tat, war es für sie in Ordnung.

Maja stand auf und ging in die Küche um sich einen Kaffee zu kochen.

Wie lange war es nun schon her, dass Antonio zu ihr zum Kaffee kam? Ihr kam es vor, als wären hunderte von

Jahren vergangen, dabei sind es erst ein paar Monate. Der Kaffeeduft stieg ihr in die Nase und sie merkte, wie sich ihr Herz zusammen zog. Wie oft hatte sie für Antonio Kaffee gekocht und er hatte sich bei ihr bedankt, dass sie es tat. Sie hatte es gerne gemacht und freute sich, dass ihm ihre Fürsorge gut tat. Aber jetzt ist alles vorbei; alles, worauf sie tagtäglich gewartet hatte; er kam nicht mehr.

Traurig goss Maja den Kaffee in eine Tasse. Selbst als sie sich eine Zigarette dazu anzündete war es nicht mehr wie vorher. Ohne Antonio war nichts mehr so, wie es einmal war. Hemmungslos fing sie an zu weinen und ihr innerstes schrie nach dem Mann, den sie immer noch so sehr liebte.

Tief atmete Maja den Rauch der Zigarette ein und trank einen Schluck von dem Kaffee. Empfand sie es nur so, oder schmeckte der Kaffee auch nicht mehr so gut wie einst? Sie wusste es nicht und eigentlich war es ihr auch gleichgültig. Alles hatte für sie an Bedeutung verloren seit Antonio sie verließ. Maja nahm ihren Kaffee und setzte sich wieder an ihren Fensterplatz.

Stunden vergingen, ohne das sie sich von ihrem Platz erhob. Mit leerem Blick schaute sie hinaus und doch sah sie eigentlich nichts. Jedenfalls nichts, was sich draußen vor ihrem Fenster abspielte.
Maja war zu sehr mit den Gedanken in ihrem inneren beschäftigt, als das sie bemerkte, dass es aufgehört hatte zu regnen. Denn mittlerweile kam schon wieder Leben in die Straßen.

Alle hatten das Ende des Regens herbei gesehnt um endlich wieder nach draußen zu können. Besonders die Kinder hatten nun ihren Spaß mit den Gummistiefeln durch die Pfützen zu patschen. Vor einiger Zeit noch, hätte sich Maja über diesen Anblick freuen können, aber heute in ihrem Zustand wollte keine Freude bei ihr aufkommen.

Ganz plötzlich wurde sie durch das Klingeln des Telefons, aus ihren Gedanken gerissen. Maja erhob sich von ihrem Stuhl und ging zum Telefon. Ihre Freundin Christina war am anderen Ende und wollte sich erkundigen wie es ihr geht. Sie kannten sich nun schon fast zwanzig Jahre und sie konnten miteinander über alles sprechen. Sie sahen sich nicht sehr häufig, aber jeden Sonntag telefonierten sie miteinander.

So wussten sie immer voneinander und Maja hatte ihr auch ihren Kummer anvertraut.

Heute war kein Sonntag und so war Maja erfreut, die Stimme ihrer Freundin zu hören. Irgendwie muss sie es wohl geahnt haben, dass es ihr ziemlich schlecht ging. Christina machte sich große Sorgen um sie und versuchte Maja so gut es ging zu trösten und ihr Mut zu machen. Sie sagte nicht einfach –vergiss ihn, er ist es nicht Wert-, sondern versuchte Maja sein Verhalten zu erklären, dass Antonio nicht anders handeln konnte.

Oft genug hatte Maja sich das schon selber gesagt, aber getröstet hatte es sie bisher auch nicht. Denn Herz und Verstand gingen bei Maja verschiedene Wege und jedes Mal siegte ihr Herz in diesem ungleichen Kampf. Deshalb war sie ja auch so unglücklich und konnte nicht aus diesem Teufelskreis der Gefühle heraus. Viele Male hatte sie mit Christina darüber gesprochen und die Freundin hatte ihr geduldig zugehört. Vielleicht war ihre Freundin auch deshalb so geduldig mit ihr, da sie selber schon seit fünfundzwanzig Jahren glücklich mit dem Mann zusammen lebte, den sie liebte. Maja war froh darüber, dass es bei den Beiden so gut lief und sie einander von Herzen zugetan sind, denn das zeigte ihr, dass es doch noch Glück auf der Welt geben kann zwischen zwei Menschen.

Ja, Christina und Claes waren ein glückliches Paar.

Sie haben die schweren Zeiten miteinander geteilt und heute können sie sagen, wir haben es geschafft.

Maja war froh diese beiden Freunde zu haben und so war sie dankbar, dass ihre Freundin sie anrief. Lange sprachen sie miteinander und wie immer in den letzten Monaten ging es auch heute wieder um ihre unglückliche Liebe zu Antonio.

Maja kam sich schon egoistisch vor die Freundin immer wieder damit zu belasten, aber Christina meinte nur, dazu sind Freunde eben da. Die Worte der Freundin taten ihr gut und Maja beschloss, auch für sie und ihren Mann, ein schönes Bild zu malen.

Ein gemaltes Bild von Maja hing ja schon bei ihnen in der Wohnung und sicherlich hatten die Beiden noch ein Plätzchen für ein zweites Bild. Nach dem sie lange genug miteinander geredet hatten verabschiedeten sie sich und Maja begann sofort ihre

Malutensilien hervor zu holen und zu malen.

Es sollte ein Olivenbaum werden, denn ein solcher war auch auf dem Einband ihres ersten Buches, das sie geschrieben hatte.

Ja, Maja hatte bereits zwei Bücher geschrieben. Es war für sie eine Art, die seelische Qual zu verarbeiten und der Versuch mit ihrem Kummer fertig zu werden. Mit Erfolg, denn Majas Kummer war noch vor kurzem so schlimm, dass sie alle Lebensfreude verloren hatte und dabei war, sich selbst aufzugeben. Nicht absichtlich, nur der schmerzliche Verlust um Antonio nahm ihr jeden Tag ein Stück mehr vom Leben und Maja ließ es geschehen.

Zu den zwei Büchern die sie geschrieben hatte, gesellte sich noch ein Kinderbuch. Ihre Enkeltochter hatte sie gebeten, doch auch ein Buch für Kinder zu schreiben und so entstand die Geschichte vom kleinen Skunki, der so gerne die Menschen zum Freund haben wollte.

Es ist eine rührende Geschichte und wenn sie eines Tages die Bücher veröffentlichen würde dann könnten die Kinder, die dieses Buch vorgelesen bekommen, einen neuen, ganz außergewöhnlichen Freund bekommen, denn Skunki war ein kleines Stinktier. Maja war sich sicher, dass die Kinder Skunki lieb haben und ihn in ihre Herzen schließen würden.

Aber so weit war es noch nicht. Erst musste Maja dieses Buch zu Ende schreiben, denn es sollte der Abschluss einer traurigen Phase ihres Lebens werden.

Nun erst einmal machte sich Maja daran, die Farben zu mischen um das Bild mit dem Olivenbaum für Christina und Claes zu malen. Es bereitete Maja Freude für die Beiden etwas zu machen. Zum ersten Mal seit langem merkte Maja, dass ihre Traurigkeit für einen Moment verflog und sie ganz ruhig wurde als sie so vor sich hin malte.

Es war ein schönes Gefühl und Maja schöpfte wieder Hoffnung, dass der Schmerz irgendwann weniger werden würde; zumindest sie nicht mehr so fest umklammert hielt. Vergessen würde Maja die kurze Zeit mit Antonio niemals in ihrem Leben, aber wenn es ihr gelang, das Gute und das Traurige in ihrem Herzen zu verwahren um es dort verschlossen zu halten, dann konnte sie wenigstens dem Alltag wieder normal begegnen. Sie könnte wieder fröhlich sein und lachen, vielleicht, denn durch das Geschehene hatte Maja sich sehr verändert und ob diese Veränderung wieder von ihr ging, das lag nicht in ihrer Macht.

Das musste das Schicksal entscheiden.

Wie es wohl dir jetzt geht, Antonio? Was machst du in diesem Moment? Maja hatte den Pinsel beiseite gelegt und sah auf ihr Bild.

Wieder einmal hatte sie Farben von leuchtender Fröhlichkeit gewählt, die ihrem momentanen Inneren eigentlich gar nicht entsprachen. Vielleicht wird doch noch alles gut, dachte Maja bei sich und Antonio findet den Weg zurück zu ihr.

Aber im gleichen Moment verwarf sie diesen Gedanken auch schon, denn

Antonio konnte nicht zu ihr zurückkommen. Er konnte nicht gegen sich selbst handeln. Sicherlich wird auch er stille Momente haben in denen er an sie dachte. Denn er hat ein weiches Herz und einen sensiblen Charakter und beides wird ihn so manchmal einholen. Ach Antonio, wenn ich dich nur lieben dürfte, ich würde alles für dich machen und dir eine gute Frau sein.

So dachte Maja als sie versonnen auf das noch nicht fertige Bild schaute. Alle Tage sollten so bunt und voller Lebensfreude sein wie dieser eine Baum. Aber, wo viel Licht ist, ist auch viel Schatten und im Augenblick gab es davon zu viele. Sie nahmen Maja die Luft zum atmen und es war noch immer kein Licht zu sehen. Sie wollte nicht schon wieder weinen, aber jetzt liefen doch ein paar Tränen über ihre Wangen.

Immer bei dem Gedanken an Antonio konnte sie seine Wärme spüren und fühlte seine starken Arme um sich, die sie so leidenschaftlich umarmt hatten. Seine Worte klingen noch heute in ihren Ohren, denn es war wie Musik wenn er ihren Namen aussprach als die Gefühle ihn übermannten. Alles dieses ist auch Antonio, ein zärtlicher und liebevoller Mann, der es Wert ist, geliebt zu werden.

Genau in diesen Mann hatte Maja sich verliebt als er zärtlich ihre Hand nahm. Verdammt noch einmal, dachte Maja, warum kann ich diese Gedanken und Gefühle nicht einfach abstellen? Ihr Verstand sagte ihr es einfach zu machen; die Parole lautet –vergessen–, aber dagegen wehrte sich ihr Herz mit aller Gewalt. Ihr dummes Herz schrie immer wieder du kannst ihn nicht vergessen, weil du ihn liebst.

Manchmal kam es ihr so vor, als wollte sich sogar ihr Herz noch über sie lustig machen, denn es verstummte einfach nicht. Es war einfach übervoll mit Gefühlen für Antonio und diese mussten auf irgendeine Weise aus ihr heraus. Sie würde sonst noch verrückt werden.

So kam es zu den Büchern die Maja geschrieben hatte und zu neuen schönen Bildern. Auf alle Fälle war es eine saubere Art mit ihrer traurigen Situation umzugehen und zu versuchen damit fertig zu werden. Keine bösen Worte, keine Szene oder dergleichen; so etwas sollte nie zwischen ihnen stehen. Wenn nun auch alles vorbei ist, so wollte Maja sich nur an das Gute und Schöne das zwischen ihr und Antonio war erinnern und genau so sollte es für ihn sein.

Was danach kam, dass Antonio nicht mehr kam und nicht mehr mit ihr sprach, ihre Briefe unbeantwortet ließ, damit musste er allein klar kommen, denn Maja hatte ihm mehrmals in ihren Briefen symbolisch die Hand gereicht.

Er war weder bereit Maja zu antworten, noch mit ihr zu sprechen und genau das verstand sie nicht und wird sie auch nie verstehen können.

Oder war doch alles nur ein Spiel für Antonio?

Machte er sich vielleicht so gar lustig über sie? Vielleicht noch mit seinen Freunden? Denn einige Male hatte Maja das Gefühl, dass diese sie so merkwürdig ansahen und sie war sich nicht sicher, ob sie nicht doch etwas wussten.   Würde Antonio so etwas machen? Der liebevolle Antonio sicher nicht, aber der andere, der ihr gegenüber so kalt war,

wozu war der fähig? Ständig war Maja in ihren Gedanken hin und her gerissen und kam zu keinem Ergebnis.

Es ist besser, diese düsteren Gedanken nicht hoch kommen zu lassen, denn das wäre das schlimmste für sie, wenn alles nur ein Spiel für ihn gewesen ist.

Maja begann weiter an dem Bild zu malen und es wurde immer schöner. Christina und Claes würden sich darüber freuen, denn bisher fanden sie alle Bilder schön, die sie gemalt hatte und dieses war etwas besonderes, da Maja es auf Leinwand gemalt hatte. Ihre bisherigen Bilder hatte sie stets auf Papier gefertigt, aber nun fand sie selber, dass es auf Leinwand viel besser zur Geltung kommt. Das sollte ich öfter machen dachte Maja bei sich.

Maja bekam schon seit Jahren immer wieder eine Einladung zu einer internationalen Kunstausstellung in der sie aufgefordert wurde, ihre Werke dort einzureichen.

Eine Kollegin, deren Mann die Ausstellung leitete, war auf sie aufmerksam geworden als sie einige ihrer Werke mit zur Arbeit gebracht hatte. Auch in diesem Jahr hatte Maja wieder die Bewerbungsunterlagen erhalten, aber durch die belastenden Ereignisse war sie nicht fähig, sich auch noch darum zu kümmern.

Vielleicht werde ich es nächstes Jahr machen wenn es mir wieder besser geht, dachte Maja, denn Lust dazu hatte sie schon. Zweimal hatte sie schon ihre Bilder bei anderen Gelegenheiten ausgestellt und es hatte sie gefreut, wenn Freunde und Bekannte erzählten, dass sie sich die Bilder sich angeschaut hatten.

Na ja, ein bisschen Stolz konnte sie schon sein und das war sie auch. Jedenfalls bis zu dem Augenblick, als Antonio ihr mit seinen Worten, seinem Verhalten ihr gegenüber, das Selbstbewusstsein nahm und sie völlig am Boden zerstört zurück ließ.
Du bist zu alt, du bist zu alt, ich will dich nicht, ich will nur eine jüngere Frau. Nein, geht heraus aus meinem Kopf, ich will die Worte nicht mehr hören. Ich kann sie nicht mehr ertragen. Aber diese Worte sind wie eingemeißelt in Majas Kopf und sie

werden niemals verschwinden. So verletzt und gedemütigt hatte sie bisher noch kein Mensch.

Selbst ihre Mutter, von der sie immer abgelehnt wurde, hatte Maja nicht so verletzen können. Wieso konnte es Antonio gelingen sie so unglücklich zu machen?

Sie hätte ihm nicht so bedingungslos vertrauen dürfen; aber nichts in ihr hatte sie gewarnt und im Gegenteil, Maja hatte seine liebevolle Art sehr gut getan und sie hatte an seine Ehrlichkeit geglaubt.

Er hatte ihr auch keinen Grund gegeben an seiner Aufrichtigkeit zu zweifeln, ganz im Gegenteil.

Wusste Antonio was er ihr angetan hatte? Würde er es überhaupt verstehen können?

Maja war sich sicher, dass er von ihrer

Qual nicht das Geringste erahnte. Für ihn war es vorbei und sicherlich verschwendete er keinen Gedanken mehr an sie.

Antonio, dachte Maja bei sich, du hast mich so verletzt mit deinen Worten und deinem Verhalten, das werde ich niemals vergessen können. Du hast mir mein Selbstbewusstsein zerstört und mir mein Alter auf brutale Weise eingebrannt. Etwas, das nie vorher ein Thema für mich war und ob der Mann jünger ist oder nicht, hatte niemals eine Bedeutung für mich. Heute denke ich über diese Dinge nach und das ist schon traurig genug. Denn es sollte absolut keine Rolle spielen wie alt der Mensch ist den man gerne hat. Vor einigen Tagen hatte mich ein Mann auf der Straße angesprochen und zum ersten Mal schoss mir der Gedanke durch den Kopf, er ist viel jünger als du. So etwas gab es früher für mich nicht und gleichzeitig höre ich deine Worte – der Altersunterschied ist zu groß–.

Mein Gott, wie kann es angehen, dass du so etwas bei mir ausgelöst hast?

Ganz davon abgesehen, mache ich auf der Straße keine Bekanntschaften und lehne es kategorisch ab, mich mit einem fremden Mann nur so zu unterhalten, weil er mich kennen lernen möchte. Damit kann ich gar nicht umgehen und will es auch nicht. Außerdem war mir überhaupt nicht nach irgendwelchen Gesprächen zumute, ich wollte mit mir und meinem Kummer alleine sein.

Wie konnte mich überhaupt jemand ansprechen und Interesse an mir zeigen, so wie ich jetzt aussah?

Du hast aus mir das gemacht, was vorher nicht da war, nämlich eine alte Frau, der man das Alter ansieht. Ja Antonio, die letzten Monate haben tiefe Spuren in meinem Gesicht hinterlassen, nicht nur in meiner Seele und meinem Herzen. Das ist etwas, was ich dir übel nehme, denn ich hatte nie viel in meinem Leben, aber ich sagte mir immer, das Schicksal hat mich mit meinem Aussehen für alles entschädigt. Andere haben vielleicht Geld, einen netten Partner oder ähnliches und ich hatte für mich persönlich mein typisches Aussehen, das mir gut gefiel. Es klingt vielleicht ein bisschen eingebildet, aber ich habe mir gefallen und was die anderen denken ist mir ja sowieso immer egal gewesen. Wenn ich jetzt in den Spiegel schaue würde ich ihn am liebsten entfernen, so erschreckend ist mein jetziger Anblick für mich.

Es hat für mich nur einen einzigen Trost, so wie ich im Moment aussehe, würdest du mich nicht mehr leiden mögen. Oder wie hattest du es ausgedrückt?

Ach ja, du sagtest ich sei attraktiv. Aber, was dir einmal an mir gefallen hat, es ist nicht mehr da und wird wohl auch nicht mehr so werden wie vorher. Das allein ist schon Grund genug, dass du nicht wieder zu mir zurückkommen würdest. Wer will schon eine alte, hässliche Frau? Glaube mir, ein Mensch der sich selber nicht mehr mag, den mögen andere auch nicht.

Ich hasse dich dafür.

Diese Gedanken gingen Maja immer und immer wieder durch den Kopf und jeden Morgen wenn sie beim Zähne putzen in den Spiegel sah, konnte sie ihren jämmerlichen Zustand in ihrem Gesicht erkennen und sie war traurig und wütend zu gleich.

Maja mochte heute nicht mehr an das Geschehene denken und so begab sie sich zu ihrem Bett, klappte die Bettdecke auf und zog sich ihr Nachthemd an und setzte den kleinen Elch, der auf ihrem Bett saß, auf das zweite Kopfkissen. Er schlief jede Nacht in ihrem Bett und manchmal nahm Maja ihn auch in ihre Arme. Verrückt und infantil zugleich, aber es war ihr in mancher Stunde ein Trost, denn sein weiches Fell fühlte sich kuschelig an und gab Maja Geborgenheit.

Eine Geborgenheit, die ihr schon sehr lange fehlte und die sie eigentlich nie hatte.

Eine ganze Weile hatte Maja schon in ihrem Bett gelegen, aber wieder einmal wollte sich der Schlaf nicht einstellen. So müde sie auch war, jedes Mal wenn sie versuchte zu schlafen, erschien vor ihren Augen das Antlitz von Antonio.

Wie er lächelte und sie dabei so lieb ansah. So wie er es immer getan hatte wenn er zu ihr zum Kaffee kam, oder wenn er wieder ging. Dann steckte er noch einmal seinen Kopf durch die Tür und sein letzter Blick galt ihr.

Wie schön war es doch noch vor einigen Monaten. Maja hielt sich für den glücklichsten Menschen auf dieser Welt.

Damals war Antonio auch glücklich, denn das strahlen seiner Augen verriet es. Wie konnte alles nur so enden?

Hatte die plötzliche Leidenschaft füreinander sie beide auseinander gebracht? Maja wusste, dass sie auch in dieser Nacht nicht schlafen würde und so erhob sie sich aus ihrem Bett und ging in die Küche. Dort setzte sie sich auf ihren Stuhl und trank einen Schluck von dem kalten Kaffee, der sich noch in ihrer Tasse befand. Sie zündete sich eine Zigarette an und sah hinaus in den Sternenhimmel. Die Tränen liefen ihr unaufhaltsam über das Gesicht und sie fühlte sich verlassen, einsam und allein.

Wenn es dich dort oben gibt, dann hilf mir bitte so dachte sie, aber ihre Gebete wurden nicht erhört. Sie musste allein durch diese finstere Zeit und der Gedanke, dass Antonio sich vielleicht gerade in diesem Augenblick köstlich amüsierte und seine Späße trieb, ließen ihr Herz heftig schlagen. Was geht in ihm vor? Maja wusste es nicht. Vielleicht hatte er ja auch schon ihre Briefe vernichtet, die sie ihm einmal geschrieben hatte?

Maja hatte sich nicht anders zu helfen gewusst, als ihm zu schreiben, da er nicht mehr mit ihr sprach. Niemals zuvor hatte Maja einem Mann einen Brief geschrieben in dem sie ihm ihre Gefühle und Gedanken mitteilte. Niemals einem Mann, ich liebe dich, gesagt. Denn das war ihr nie eingefallen sich einem Mann gegenüber so offen zu geben und damit so verletzbar zu werden. Wieso war es bei Antonio anders?

Die Frage konnte sie sich selbst

beantworten, denn sie wusste, sie liebte Antonio wie noch keinen Mann vorher.

Maja hatte sich für Antonio zum Affen gemacht und nur deshalb konnte er sie so sehr verletzen und mit ihren Gefühlen spielen. Sie hätte ihre Gefühle für ihn nicht zeigen dürfen, dann wäre ihr diese schlimme Zeit erspart geblieben.

Aber genau das war unmöglich, denn sie hatten sich beide nacheinander gesehnt und waren glücklich, wenn sie sich in den Armen hielten. Ihre Körper sehnten sich nach Zärtlichkeit.

Aber was war mit ihren Herzen? Sehnten diese sich auch nach dem Anderen? Maja konnte von sich behaupten, dass es so war und ist, aber fühlte Antonio genau so wie sie? So wie er sich ihr gegenüber benahm konnte das nicht der Fall gewesen sein. Hatte reine Begierde und Verlangen ihn dazu gebracht, Maja in seine Arme zu schließen? Alles ist vorstellbar und doch für Maja so unvorstellbar. Sie würde es nie soweit kommen lassen, wenn ihre Gefühle nicht reinen Herzens sind.

Sind Männer anders in ihrem Denken und Handeln als Frauen? Oder war es nur die ihr eigene Denkweise und ihr eigenes Moralverhalten, dass sie so enttäuscht wurde? War Antonios Verhalten vielleicht doch nicht so abwegig? Sie wusste keine Antwort darauf, aber sie war sich sicher, dass ihr Verständnis von Liebe und wie man damit umgeht, dass richtige ist.

Nie in ihrem Leben würde sie einem Menschen der sie liebt und dem sie dieselben Signale entgegen brachte, so wehtun wollen.

Nein, niemals würde sie so ein Unrecht begehen wollen.

Hatte es nicht Antonio auch krank gemacht als er mit ihr Schluss machte? Sie sah ja damals wie er litt und er hatte sich auch den Kopf über sie beide zerbrochen, aber sein Verstand siegte über sein Herz und er konnte nichts daran ändern. War es für ihn die einzige Möglichkeit damit umzugehen, indem er sich völlig von ihr distanzierte und so tat, als hätte es Maja und diese Episode in seinem Leben niemals gegeben?

Antonio, du kannst verdrängen was war, aber vergessen wirst du es niemals.

Maja saß noch immer an ihrem Küchentisch und schaute in die Nacht während ihr diese Gedanken durch den Kopf gingen. Was sollte nur werden?

Das dunkel der Nacht war ihr mittlerweile zum Freund geworden und nur der Mond und die Sterne konnten ihre Tränen sehen.

Ihr fiel die Geschichte von den Süßwasserseen ein, die in vielen Ländern der Erde erzählt wird. Zum ersten Male hörte sie die Geschichte in Canada als sie bei ihrer Familie war und sie zum Lake Winnipeg fuhren, an dem die Eltern ihrer Cousine ein Haus haben. Dann hörte sie die Geschichte nochmals über den Plattensee in Ungarn und auch in Marokko erzählt man sich diese Geschichte über einen See.

Ein Süßwassersee, so wird gesagt, entsteht aus den Tränen zweier

Liebenden die nicht zueinander kommen dürfen. Aus welchen Gründen auch immer. Besonders gut gefiel Maja die Geschichte aus Marokko, denn so einfach die Menschen an diesem See sind, sie haben verstanden und daraus gelernt; nämlich, dass sich jeder den Menschen zum Partner nehmen darf den er will und nichts und niemand hat das Recht, die Beiden auseinander zu bringen. So ist es dort noch heute und jedes Jahr gibt es in dem Dorf einen Brautmarkt wo die Frauen sich ihren zukünftigen Mann aussuchen können. Ihr Glück wird nicht mehr von den Traditionen oder den Eltern bestimmt. Ein schöner Brauch, denn heute ist es an den Männern sich so gut wie möglich zu präsentieren um die Aufmerksamkeit einer Frau zu erregen.

Als damals der See entstand, so wird erzählt, gab es zwei Liebende die verschiedenen Stämmen angehörten und eine Verbindung zwischen den Beiden war undenkbar. Vor lauter Kummer um ihre Liebe weinten sie viele Tränen und verstarben. Alles was von ihnen blieb, war der See.

Wenn man sich überlegt, dass gerade bei den Berberfamilien in denen der Mann das absolute sagen hat, die alten Traditionen geehrt und eingehalten werden, so ist dieses ein Beweis dafür, dass die Liebe alles besiegen kann. Für diese beiden kam es zu spät, aber die nachfolgenden Generationen brauchten nie wieder eine solche Tragödie erleben.

Natürlich wusste Maja, dass die Süßwasserseen der Erde, die letzten Reste der großen Eiszeit sind, aber sie liebte solche Geschichten, denn etwas Wahres steckt auch in ihnen.

Sie dachte bei sich, auch ihre Tränen könnten einen neuen See entstehen lassen, so viele hatte sie bereits um Antonio geweint. Vielleicht war es bereits geschehen, wer weiß?

Auch du Antonio hast bittere Tränen geweint, als du vor langer Zeit, aus welchem Grund auch immer, deine Liebe und deinen Sohn verloren hast. Ich bin mir sicher, irgendwo auf dieser Welt gibt es einen See deiner Tränen. Es ist vielleicht der Grund für dein heutiges Verhalten und ich habe kein Recht dich zu verurteilen. Denn jeder muss auf seine Weise mit seinem Schicksal umgehen, damit er nicht daran zerbricht und meine Weise ist das schreiben und malen.

Antonio, ich schreibe das alles auf um

für mich einen Weg der Verarbeitung zu finden, nicht um dir in irgendeiner Weise weh zu tun, denn auf der einen Seite, die vom Verstand geleitet wird, kann ich dich so gar ein kleines bisschen verstehen.

Ich habe jeden Tag über dich nachgedacht und mich selber fallen lassen; so sehr gilt meine Sorge dir. Immer und immer wieder habe ich mir die Frage gestellt, wie es dir mit unserer Geschichte geht und wie du dich fühlst mit deinem eigenen Verhalten. Der Antonio, der sensibel, lieb und sanft ist und es immer zu mir war, dem kann es damit nicht gut gehen.

Ich würde dich gerne in meine Arme schließen und dich trösten und dich streicheln bis du deine innere Ruhe gefunden hast. Ich würde dir gerne die

Geborgenheit geben, die ich so sehr vermisse, seit du aus meinem Leben verschwunden bist.

Ich würde dich behüten und beschützen und dir meine ganze Liebe geben. In meinem ersten Brief an dich schrieb ich, ich wollte dir nur eine gute Frau sein und so ist es auch, alles was ich dir sagte und schrieb, ist die Wahrheit denn ich habe dich niemals belogen.

Ich habe es mit dir von ganzem Herzen ehrlich gemeint.

Meine zweifelnden Gedanken, die du in diesem Buch lesen kannst, konnten nur aus der Unsicherheit des Nichtwissens entstehen, da du mir auf meine Fragen keine Antwort gibst.

An meiner Liebe zu dir hat sich nichts geändert und in meinem Herzen ist ein warmes, liebevolles Gefühl für dich.

Verzeih mir, wenn es für dich trübe

Stunden um meinetwillen gegeben hat. Ich möchte, dass du glücklich bist, etwas anderes habe ich nie gewollt.

Noch immer schaute der Mond in ihr Fenster und es war ihr, als wollte er ihr Mut zu sprechen. Mut und Kraft für das Kommende, denn es sollte Maja noch sehr viele Wochen schlecht gehen. Wochen in denen sie vor Verzweiflung dachte verrückt zu werden, in denen sie sich wünschte, es wäre endlich alles vorbei. Aber zu diesem Zeitpunkt ahnte sie noch nicht einmal welche Hölle sie noch durchleben sollte und es war gut, dass ihr der Blick in die Zukunft verschlossen blieb.

Vielleicht kann es niemand verstehen, dass aus so einer kurzen, heftigen Begegnung eine Flut von Gefühlen über sie herein brach, aber es kam nicht so plötzlich, denn da waren ja die vorangegangenen Jahre in denen sie sich Tag für Tag näher kamen und sie sich immer vertrauter wurden.

Maja beschloss sich noch einmal hin zulegen um wenigstens zu versuchen noch etwas zu schlafen. Sie kroch unter ihre Bettdecke und dachte an die Umarmungen von Antonio. Sie konnte ihn spüren und es war ihr, als ob sie den Geruch seiner Haut riechen konnte. Es tat ihr gut und es dauerte diesmal nicht lange bis der ersehnte Schlaf kam.

In dieser Nacht träumte Maja von Antonio. Es war ein schöner Traum, ein Traum in dem Antonio sie in den Armen hielt und alles gut war.

75

Am nächsten Morgen wachte Maja ziemlich spät auf und im ersten Moment war sie guter Dinge. Der Traum der letzten Nacht war noch in ihr.

Doch als sie die Augen aufschlug hatte sie die Wirklichkeit sofort wieder eingeholt. Alles nur ein Traum, dachte sie, er ist nicht bei mir. Sofort verdüsterte sich ihre Stimmung und die Traurigkeit, die so tief in ihr saß, überkam sie erneut.

Sollte es jetzt immer so weiter gehen?

Maja wusste, dass es nicht sein durfte, aber im Moment hatte sie noch nicht die Kraft etwas zu ändern. Am liebsten wäre sie wieder unter die Bettdecke gekrochen und hätte diesen Traum weiter geträumt. Schweren Herzens begab sie sich aus dem Bett und ging hinüber zur Küche in der noch der kalte Kaffee vom Tag zuvor stand. Weg schütten kam für sie nicht in Frage und so wärmte sie sich den Kaffee auf und trank ein paar Schlucke davon.

Sie frühstückte nie und wenn, dann hätte sie heute bestimmt nichts herunter gebracht. Eigentlich liebte Maja gutes Essen, aber seit sie ganz alleine lebte hatte sie sich nur sehr selten eine warme Mahlzeit gemacht. Seit über zehn Jahren war sie in ihrer Wohnung nun schon allein, nämlich, seit auch ihr Sohn ausgezogen war. Eigentlich ist es schon fasst vierzehn Jahre her und die Jahre waren einfach so vorüber gegangen ohne das sich in ihrem Leben etwas veränderte.

Bis sie Antonio näher kennen lernte. Plötzlich war da ein Mensch, dem sie ihre Sorgen und Probleme anvertrauen konnte, der geduldig zugehört hatte und sie zu trösten verstand. Vor allem, der immer freundlich lächelte wenn er sie sah.

Das tat ihr so unendlich gut, denn Maja war kein unfreundlicher Mensch, aber sie blickte immer etwas finster drein. Wer sie kannte, wusste, dass sie nicht so war wie es immer bei ihr ausschaute. Aber es gibt nicht viele Menschen, die bereit sind hinter die Fassade eines anderen zu Blicken.
Viele nahmen Abstand von ihr weil sie der Meinung waren, Maja sei unfreundlich oder arrogant. Aber wie so viele andere Menschen auch, hatte sie nur eine Mauer um sich errichtet um einigermaßen durch das Leben zu kommen. Ihre Kinder waren ihr Leben und als diese das Haus verließen kam Maja sich unnütz und überflüssig vor.

Dabei hatte sie zwei Kinder die sich immer um sie kümmerten und für sie da waren, wenn Maja ihre Hilfe brauchte. Sie hatte absolut keinen Grund sich zu beschweren, aber das tat sie auch nicht, nur es ist etwas anderes wenn noch jemand mit im Hause lebt.

Nein, ihre Kinder waren gut geraten und dachten immer an die Mutter.

Trotzdem waren da sehr viele Stunden der Einsamkeit, aber als sie Antonio noch nicht in ihr Herz geschlossen hatte, war es ihr nicht so bewusst. Gut, es gab drollige fünf Minuten in denen sie sich die Augen aus heulte, aber dann sagte sie zu sich selber, was willst du eigentlich?

Dir geht es gut, du hast ein Dach über dem Kopf, etwas zu Essen, alle sind gesund, eine Arbeit hast du auch, also jammere nicht herum. Freue dich über das was du hast, denn es geht dir gut. Das wusste Maja auch, denn im Vergleich zu dem Elend, das es auf dieser Welt gibt, ging es ihr sehr gut. Dann wusch sie ihr Gesicht kalt ab damit niemand die Spuren ihrer Tränen in ihrem Gesicht sehen sollte, zog ihre Jacke an und ging nach draußen; dorthin, wo die Menschen sind und sie nicht mehr allein war.

Ja, diese Momente hatte es gegeben, aber seit Antonio sie verlassen hatte, war der Himmel auf sie herab gestürzt. Ihr Leben bestand nur noch aus Tränen, Einsamkeit, Verzweiflung und Verlassenheit und diesem verdammten Selbstmitleid. Das ist natürlich eine fatale Mischung und diese hatte ihr jeglichen Lebenswillen genommen. Sie litt unsagbar und konnte der Dinge nicht Herr werden.

Wo war ihr Verstand geblieben? Sie wusste es nicht, alles in ihr verlangte nach Antonio.

So auch an diesem Morgen.

Noch war sie zu Hause, denn sie war nicht in der Lage arbeiten zu gehen. Aber was wird, wenn sie früher oder später wieder arbeiten musste? Würden sie sich begegnen? Mit Sicherheit, denn so sehr Maja es auch versuchen würde, Antonio aus dem Wege zu gehen, sie würden sich über den Weg laufen. Würde er sie grüßen oder zu ihr kommen und mit ihr sprechen? Maja merkte, wie sie immer trauriger wurde und große Angst vor der ersten Begegnung mit ihm hatte. Wie reagierte Antonio auf sie? Was fühlte er wenn sie sich plötzlich gegenüber stehen würden? Geht er einfach ohne Gruß an ihr vorüber, oder wie würde er sich verhalten? Wie würde sie sich selber verhalten? Bei dem Gedanken an eine eventuelle Begegnung wurde ihr ganz flau im Magen und sie merkte, dass der Zeitpunkt noch nicht gekommen war, an dem sie sich wieder begegnen durften. Sie hätte es nicht ertragen, wenn er wieder an ihr vorbei ging ohne sie eines Blickes zu würdigen. Sie hatte ihm doch nichts Schlechtes angetan.

Warum musste alles so kommen?

Maja nahm sich noch einen Schluck von dem aufgewärmten Kaffee und blickte aus dem Fenster. Es schien heute ein sonniger Tag zu werden und sie beschloss, ein wenig hinaus zu gehen. Etwas Ablenkung würde ihr gut tun, so dachte sie und vielleicht verschwinden die trüben Gedanken für eine Weile. Schnell machte sie sich fertig und ging nach draußen. Aber wo sollte sie hingehen? Ein Ziel hatte sie nicht und so lief sie einfach nur herum. Gerne hätte sie jetzt jemanden gehabt, mit dem sie sprechen könnte, aber es war niemand da und Geld um sich irgendetwas Schönes zu kaufen hatte sie auch nicht. So ging sie durch die Straßen und machte sich kurz darauf wieder auf den Heimweg. Maja merkte, dass sie noch eine lange Zeit brauchen würde um den normalen Alltag wieder zu ertragen. Zu Hause fühlte sie sich noch am wohlsten und konnte mit sich und ihren Gedanken alleine sein.

Sie konnte einfach noch nicht so tun, als ob die Welt für sie in Ordnung ist.

Aber irgendwie musste sie es schaffen für sich eine Lösung zu finden, denn noch tiefer wollte sie nicht fallen. Nimm dich endlich zusammen und lass dich nicht so gehen, dachte sie bei sich, du bist doch immer eine starke Frau gewesen und hast die schwierigsten Situationen gemeistert. So war es auch, aber ihre Gefühle für Antonio hatten sie völlig aus der Bahn geworfen.

Ihre Gedanken wanderten zu Antonio. Niemals hatte sie mit ihm einen Spaziergang gemacht, oder irgendetwas anderes unternommen. Sie sahen sich bisher nur täglich bei der Arbeit. Es war die einzige Zeit, die sie miteinander verbrachten, wenn er zu ihr zum Kaffee kam. Dann unterhielten sie sich über alles Mögliche und rauchten gemeinsam. Mehr hatten sie nicht und doch war es so viel. Sie freuten sich jeden Tag aufeinander und wenn die Tür aufging und er kam, dann war sie glücklich und in seinen Augen konnte sie sehen, dass er es auch war.

Nicht immer konnten sie alleine sein, denn es kamen oft Kollegen zu ihnen, die auch eine Zigarette rauchen und sich mit ihnen unterhalten wollten. Das lässt sich an einem Arbeitsplatz nicht vermeiden und doch fanden sie Gelegenheiten sich in die Arme zu nehmen um sich zu küssen und zu streicheln. Es war riskant was sie beide machten, aber wenn die Gefühle zu stark für sie wurden, vergaßen sie fast jegliche Vorsicht und umarmten sich.

Warum sonst hätte er sie am sechsten September im vergangenen Jahr so leidenschaftlich in die Arme gerissen, wenn er nicht ihre Nähe wollte? Er fühlte sich wohl in ihren Armen und er wollte sie auch. Nur sein Verstand sagte nein und so hatte er sie abermals von sich gestoßen. Es war das letzte Mal, dass sie einander in die Arme nahmen. Von da an ging er ihr aus dem Wege und kam auch nicht mehr.

Die Erinnerung daran trieben ihr die Tränen in die Augen. Wie schön war es doch, als sie in seinen Armen gelegen hatte. Ganz dicht standen sie beieinander und hielten sich eng umschlungen. Er hatte zärtlich seinen Kopf auf den ihren gelegt und so verharrten sie für eine Ewigkeit.

Alles war so voller Liebe und Zärtlichkeit. Sie konnte seinen Herzschlag spüren und wenn Antonio sie sanft auf die Stirn küsste, dann wünschte sie, es würde für immer so sein. In seinen Armen fühlte Maja sich geborgen und beschützt. Als er das erste Mal seinen Kopf zu ihr herunter beugte um sie zu küssen, glaubte sie, die Welt würde um sie herum versinken und sie würde Ohnmächtig werden.

Er raubte ihr mit seinem Kuss die Sinne und sie fühlte sich so wohl wie nie zuvor. Alle seine Zärtlichkeiten und Umarmungen weckten in ihr eine bis dahin nie gekannte Leidenschaft, die sie nicht mehr unter Kontrolle hatte, selbst als er ihr sagte, es ist aus. Sie versuchte ihn zu verführen und konnte die Finger nicht von ihm lassen. Damit erniedrigte sie sich selber, aber das war ihr in diesen Momenten egal, sie begehrte ihn heiß und innig. Auch wenn er sie nicht mehr wollte, seine

Gefühle spielten ihm einen Streich und er umarmte und küsste sie heftig. Sie hielten sich umschlungen bis sich das schlagen ihrer Herzen wieder beruhigt hatte. Selbst als er Maja schon nicht mehr wollte, war er nach ihren Umarmungen fürsorglich zu ihr.

Wie kann es denn sein, dass es diesen Antonio heute nicht mehr gibt? Oder gibt es ihn nur für Maja nicht mehr?

Verzweifelt legte sich Maja auf ihr Sofa und weinte still vor sich hin. Der Rausch der Begierde war schon seit einiger Zeit nicht mehr in ihr, aber es blieb das sanfte, zarte Gefühl der Liebe für ihn. Es sollte auch für immer in ihrem Herzen bleiben, denn nach Antonio wollte sie nie mehr einen anderen Mann in ihrer Nähe haben. Sie hatte das große Gefühl der Liebe kennen gelernt und das gibt es nur einmal im Leben. Sie hatte Antonio ihr Inneres preisgegeben und das, obwohl sie selber nicht sehr viel von ihm wusste.

Aber wenn man jemanden liebt braucht man auch nicht alles über ihn zu wissen, denn es kommt einzig und allein darauf an, wie man sich zueinander verhält.

Antonio hatte sich ihr gegenüber immer gut verhalten und sich einige Male für den Kaffee, den sie gekocht hatte, bedankt. Auch zwei klitzekleine Mitbringsel die sie ihm gegeben steckte er nicht einfach ein, sondern hatte seine Freude darüber gezeigt.

Maja hatte ihm auch bereits einmal ein selbst geschriebenes Buch über ihre gemeinsame Zeit geschenkt und sie hatte in seinen Augen sehen können, dass er sich darüber gefreut hat. Das war genau am einundzwanzigsten September im letzten Jahr. Maja hatte ihn gebeten noch einmal zu ihr zu kommen und er war gekommen. An dem Tag sprachen sie die letzten Worte miteinander. Aber sein Blick, als er von ihr ging, verriet ihr, dass er sie gern hatte.

Er hatte sich in der Tür noch einmal zu ihr umgedreht und sie liebevoll angeschaut; es war fast wie die Jahre vorher als er es täglich tat. Doch hatte sich auch danach nichts geändert, Antonio blieb für Maja unerreichbar, er wollte mit ihr nichts mehr zu tun haben.

Aber warum war er zu ihr gekommen als sie ihn darum bat?

Was geht in einem Menschen vor, der so handelt? Maja konnte es weder deuten, noch verstehen.

So sehr sie auch grübelte, es gab keine Antwort auf diese und alle anderen Fragen. Für Maja war die schlimmste Gewissheit besser als diese Ungewissheit, damit konnte sie nicht leben. Es waren zu viele Fragen auf die sie keine Antwort wusste und sie immer wieder aufwühlten. So kam sie nie zur Ruhe und jeden Tag fing dieses zermürbende Spiel wieder von vorne an. Sie stellte sich Fragen und gab sich verschiedene Antworten, ob es so, oder so sein könnte. Spekulationen die im Endeffekt zu nichts führten, außer dazu, dass Maja sich immer schlechter fühlte. Vielleicht wäre es ihr gelungen das Ganze zu vergessen wenn sie sich nicht in Antonio verliebt hätte, aber dann wäre es ja auch gar nicht zu den Umarmungen gekommen.

Sollte sie vielleicht einfach nur dankbar sein, dass sie diese Liebe für Antonio im Herzen hat?

So ging es über Tage und Wochen, bis aus den Wochen Monate wurden und der Tag kam, an dem sie wieder zur Arbeit gehen wollte. Ihr Arzt war damit nicht ganz einverstanden denn er kannte sie schon lange und wusste, dass Maja noch nicht über den Berg war und es ihr immer noch schlecht ging.

Aber Maja wollte den Tag der ersten Begegnung mit Antonio nicht länger aufschieben, denn ob es heute, oder morgen passieren würde, es würde ihr nicht gut damit gehen und sie hatte Angst vor diesem Moment.

Einmal hatte sie ihm noch geschrieben und ihm mitgeteilt, wie sehr sie unter seinem Verhalten ihr gegenüber litt. Es musste ihn nicht berührt haben, denn er hatte sich nicht gemeldet.

Mit klopfendem Herzen machte sich Maja am nächsten Morgen auf den Weg zur Arbeit. Sie vermied es so gut es ging, ihr Zimmer zu verlassen wenn sie dachte, dass Antonio zur Pause gehen würde. Es klappte gerade einen Tag und am nächsten Tag sah sie ihn, allerdings nur von hinten, den er wartete auf einen Kollegen mit dem er jeden Dienstag in die Pause ging. Schnell verschwand sie in ihrem Zimmer und war froh, dass er sich nicht umgedreht hatte. Eine ganze Woche ging es gut und sie schaffte es, ihm nicht über den Weg zu laufen.

Bis der Tag kam, an dem sie sich sahen. Sein Blick war nicht freundlich, aber dennoch winkte er ihr kurz zu. Maja winkte kurz zurück und war froh, in ihrem Zimmer verschwinden zu können. Die Begegnung hatte sie sehr aufgewühlt und ihr Herz schlug heftig. Sie merkte, wie sehr ihre Hände zitterten, als sie versuchte weiter zu Arbeiten. Maja kämpfte mit den Tränen, denn ihre Kollegin sollte nicht mitbekommen, dass es ihr nicht gut ging. Es war schon schlimm genug, dass sie scherzen und lachen musste, obwohl ihr danach gar nicht zu Mute war. Es war eine Qual für Maja und sie sehnte den Feierabend herbei.

Zu Hause weinte sie sich erst einmal richtig aus, denn sie musste sich irgendwie Luft machen und ihren

Kummer aus sich heraus lassen.

Jahrelang hatte Maja ihre Tränen herunter geschluckt, damit ihre Kinder sie nicht weinen sehen. Denn die zwei sollten glücklich aufwachsen und von den Sorgen und Nöten der Mutter so wenig wie möglich mit bekommen. Es war manchmal sehr schwer für Maja ihre Kinder alleine durch zu bringen, denn der Vater war in sein Land zurückgegangen und sie erhielt auch kein Geld von ihm für die Kinder. Außerdem hatte sie auch noch die Bürde mit ihrer kranken Mutter zu tragen und alles war für Maja eine große Verantwortung an der sie schwer trug. Das Erlebte mit Antonio war das so genannte „i- Tüpfelchen", welches das Fass zum überlaufen gebracht hatte.

Also weinte sich Maja wieder einmal die Augen aus und es war gut so, denn sie war allein und niemand konnte ihre Tränen sehen. Warum hatte er sie heute so böse angeschaut? Vielleicht, weil sie ihn mit ihren letzten Zeilen wieder an die Geschichte erinnert hatte, an die er vielleicht nicht mehr denken wollte?

Das kann möglich sein, aber er sollte es auch wissen, wie weh er ihr getan hatte und das sie das nicht einfach mit einem Achselzucken weg stecken konnte.

Sie liebte ihn doch und sie konnte nicht so tun, als hätte es alles nicht gegeben. Warum auch, was geschehen ist, ist geschehen und man muss dazu stehen.

Deshalb hatte sie sich das Recht heraus genommen, ihm mitzuteilen, wie krank sie geworden war und das es ihr bis heute nicht gut geht.

Vielleicht, denkst du Antonio, ich soll dich einfach nur in Ruhe lassen und am liebsten würdest du gar nichts mehr von mir sehen und hören wollen, aber an der ganzen Sache bist du genauso beteiligt wie und deshalb versuche mich auch einmal zu verstehen. Ich kann nicht anders handeln, denn sonst ersticke ich daran. Die Verletztheit und der Schmerz sitzen zu tief und ich versuche, mich auf meine Weise davon zu befreien.

Ich habe mir jeden Tag Gedanken gemacht und versucht dich zu verstehen, aber hast du auch nur ein einziges Mal daran gedacht, wie es mir geht?

Manchmal denke ich, du hast es, aber dein Verhalten lässt Zweifel daran aufkommen. Solche und ähnliche

Gespräche führte Maja mit sich selbst und sie kam immer mehr zu der Überzeugung, alles Erlebte mit Antonio aufzuschreiben und ihm eines Tages zu geben.

Aber bis dahin war es noch ein langer Weg.

Irgendwann einmal, wenn die Jahre vergangen sind, dann wirst du vielleicht verstehen welchen Reichtum ich dir mit meiner Liebe und meinen Büchern in die Hände gelegt habe. Im Moment empfindest du es wohl nur als Belastung mit dem Gefühlsleben eines anderen Menschen auf diese intensive Art und Weise konfrontiert zu werden, zumal es ein Mensch ist, der dich über alles liebt.

Aber du sollst für alle Zeiten daran denken, dass es auf dieser Welt einen

Menschen gibt, der dich so wollte wie du bist. Der dich erkannt hat und bereit war, ein kleines Stück des Weges, gemeinsam mit dir zu gehen. Mit einem Menschen, der dich einfach nur unendlich lieb haben wollte. Ich hoffe, es wird nie der Tag kommen an dem du es bereust, diesen Menschen abgewiesen zu haben; zumal du derjenige warst, der diese Liebe entfacht hat.

Sollte der Tag doch für dich kommen, dann denke daran, dass ich dir nie böse war und denke an die schönen Momente mit mir. Sollte es mich dann noch geben, dann komm zu mir und ich werde dich in meine Arme schließen.

So dachte Maja und sie war sich sicher, dass richtige zu machen.

Mittlerweile waren ihre Tränen versiegt und sie legte sich zu Bett. In dieser Nacht lag sie in seinen Armen und er hielt sie fest umschlungen, wie er es einige Male gemacht hatte. Maja schlief beruhigt ein, denn sie fühlte sich geborgen und beschützt.

Der Wecker klingelte und Maja hatte keine Lust aufzustehen. Es würde wieder ein nerviger Tag werden, immer mit der Angst verbunden, Antonio zu begegnen. Tatsächlich. Es kam wie es kommen musste, sie begegneten sich in der Mittagspause und er drehte ihr quasi den Rücken zu als sie auf gleicher Höhe waren.

Es war genug Platz um aneinander vorbei zu gehen, aber nein, er wandte sich noch richtig von ihr ab.

Vielleicht war ihr aber auch schwindelig geworden, sodass sie etwas strauchelte und er wich ihr deshalb aus um nicht mit ihr zusammen zu stoßen? Ihr wurde in letzter Zeit häufig schwindelig wenn sie sich nach dem langen sitzen am Arbeitsplatz erhob. Besonders auf dem Heimweg fiel es ihr auf und sie hatte Mühe sich auf den Beinen zu halten. Nach einiger Zeit wich das Schwindelgefühl und alles war wieder in Ordnung. Sicherlich hatte es mit ihrer allgemeinen Schwäche zu tun und würde auch wieder vergehen. Aber im ersten Moment, als er sich von ihr weg drehte, war sie richtig wütend. Wütend und traurig zu gleich. Hatte er gedacht, sie wollte absichtlich mit ihm zusammen stoßen?

Nein, so war Maja nicht, das würde sie niemals machen.

Der Vorfall beschäftigte sie sehr und am Abend rief sie ihre Freundin

Christina an, um ihr davon zu berichten. Die Freundin konnte sie gut verstehen, aber helfen konnte sie Maja auch nicht.

So vergingen die Tage und Maja war Antonio eine Zeit lang nicht begegnet. Sie wurde etwas ruhiger und dann sahen sie sich doch wieder. Diesmal war Antonios Blick freundlich als er grüßte und er wünschte einen schönen Feierabend. Aber vielleicht galt sein Gruß auch nur der Kollegin, die mit Maja zusammen war? Wer will das wissen?

Bis der Tag kam, an dem er an der Tür stand, als Maja zum Rauchen ging. Geradewegs sahen sie sich an und Maja bemerkte sofort, dass Antonio sein schönes Hemd an hatte, das er sich im letzten Jahr gekauft hatte. Er hatte es ihr erzählt, dass er es neu sei und sie sagte ihm, dass es ihr gut gefiel. Er hatte sich gefreut und seine Augen strahlten. Antonio hatte sich im letzten Jahr einige neue Sachen gekauft und Maja hatte es bemerkt, dass er ihr gefallen wollte. Ja, da hatte Antonio auch noch liebevolle Gefühle für sie und sie waren beide glücklich.

Sein Anblick gab ihr einen Stich mitten ins Herz.

Er winkte ihr freundlich lächelnd zu und sie winkte zurück. Man merkte ihm nichts an und es hatte für Maja den Eindruck, als hätte alles für ihn nicht existiert und sie wären einander nie näher gekommen. Oder ging es ihm wie Ihr?

Die Tränen schossen ihr in die Augen und sie hatte Mühe sie zu unterdrücken, denn wie immer waren andere Kollegen in der Nähe.

Wie gut er aussah als er dort stand und sein Anblick weckte alle Erinnerungen an das Vergangene. Als sie ihren Kopf an seine Brust lehnte wenn er sie in den Armen hielt. Dieses Hemd hatte er an und Maja spürte sofort wieder seine Nähe, sie konnte sie förmlich riechen. Wie gut er roch. Am liebsten wäre sie zu ihm gegangen und hätte ihn in die Arme geschlossen; nur für einen kleinen Moment. Aber das ging ja nicht und wenn sie alleine gewesen wären, hätte er sie mit Sicherheit weg gestoßen. Er wollte sie ja nicht mehr.

Von diesem Tag an vermied Maja es noch mehr Antonio aus dem Wege zu gehen und bis heute war es ihr auch gelungen.

Wie hatte Antonio einmal zu ihr gesagt? Wenn man sich nicht mehr sieht, vergisst man das Ganze. Aber dem ist nicht so, jedenfalls nicht bei Maja. Sie wollte ihn nur nicht sehen, weil es ihr zu sehr weh tat, denn vergessen konnte und wollte sie ihn nicht. Die letzten Monate hatten an ihrer Liebe zu ihm nichts geändert und auch wenn sie sich nie mehr sehen würden, ihre Liebe zu ihm blieb in ihrem Herzen.

Maja hatte einmal zu Antonio gesagt und wenn du am anderen Ende der Welt sein würdest, es würde sich nichts verändern. Er hatte ihr nicht geglaubt, aber Maja wusste es besser.

Sie hatte sich für Antonio entschieden als er zärtlich ihre Hand berührte. Es war der Tag, als ihre Liebe zu ihm erwachte und diese Liebe wollte sie für immer in ihrem Herzen bewahren und nichts und niemand würde daran etwas ändern können.

Antonio
ich wünsche dir
alles Glück der Welt

Wenn dich die Liebe
einsam macht,
kam sie zu dir
und verschwand über Nacht;
wo willst du sie suchen,
an welchem Ort,
du wirst sie nicht finden,
sie ist einfach fort.

Vorbei ist die Liebe
für alle Zeit,
dir helfen keine Tränen,
die du um sie weinst;
es bleibt dir nur,
dein liebendes Herz,
und darin verbirgt sich
ein bitterer Schmerz.

Warum es geschah,
kannst du nicht verstehen,
du wünscht dir,
ihn noch einmal zu sehen;

warm und geborgen
in seinen Armen zu liegen,
wie gestern,
doch nichts davon
ist dir geblieben

Was einmal gegangen,
das kommt nie zurück,
der Wind wehte fort,
dein beginnendes Glück;
du spürst ihn noch immer,
ganz nah bei dir,
jetzt bist du allein im
Heute und Hier.

Oh Wind,
bringe zurück mir mein Glück,
vielleicht auch nur
ein ganz kleines Stück;
damit ich lachen kann
und nicht mehr weinen,
darum lass uns wieder
in Liebe vereinen.

Ich suche die Tür
aus der Finsternis,
ich weiß sie ist da,
doch finde ich sie nicht;
wohin ich auch gehe,
ist weit und breit,
nur meine Trauer
und Einsamkeit.

Verloren habe ich,
bevor ich gefunden,
es war ein Glück,
für wenige Stunden;
es sollte nicht sein,
Gott weiß warum,
mein Herz
schreit nach dir,
doch mein Mund
bleibt stumm.

Ein Herz voller Liebe,
du wolltest es nicht,
siehst du nicht die Tränen
auf meinem Gesicht;
du warst mir so nahe
und bist gegangen,
mein Herz ist bei dir,
du nahmst es gefangen.

Ich suche das Licht
aus der Finsternis,
ich weiß es ist da,
doch ich finde es nicht;
ich bitte dich,
bringe mir es zurück,
und gib mir wieder,
mein verlorenes
Glück.